我在成都流浪

刘治深　著

中国民族文化出版社

北京

图书在版编目（CIP）数据

我在成都流浪 / 刘治深著. -- 北京 ：中国民族文
化出版社有限公司，2022.7
ISBN 978-7-5122-1585-6

Ⅰ. ①我… Ⅱ. ①刘… Ⅲ. ①诗集－中国－当代
Ⅳ. ①I227

中国版本图书馆CIP数据核字（2022）第120902号

我在成都流浪
Wo Zai Chengdu Liulang

作　　者　刘治琛
责任编辑　郝旭辉
责任校对　李文学
出 版 者　中国民族文化出版社　地址：北京市东城区和平里北街14号
　　　　　邮编：100013　联系电话：010-84250639　64211754（传真）
印　　装　武汉鑫佳捷印务有限公司
开　　本　880mm×1230mm　32开
印　　张　6.25
字　　数　105千
版　　次　2022年10月第1版第1次印刷
标准书号　ISBN 978-7-5122-1585-6
定　　价　56.00 元

推荐序

流浪的生命从未流浪

唐九江

前些日子，老友治深发来微信，说准备出本诗集，请我写序。这当然是好消息，我义不容辞。后治深发来整理后的书稿——诗文集《我在成都流浪》，我一读便被惊艳到了。

还记得中学同班时，治深便喜欢写作，大概是因为学业繁重，那时他的才华没得到很好的展现。近年治深定居蓉城，业余一度发奋写作，据他说可能是因为一时太过压抑郁闷，这我非常能理解，老杜不还说"文章憎命达"吗？治深毕竟有才华，他写诗歌、写散文、写小说、写评论，成果丰硕，还成为《当代校园文艺》《中国诗》及网易云阅读的签约作家，自然可喜可贺。

我向来对诗人欣赏有加，上大学时还一度模仿方文山的素颜韵脚诗作了不少拙劣的算不上诗的诗，大概是天赋有限，现在想来不免好笑。诗人内心澄澈通透，反映在语言上就是超凡脱俗，这是最让人怦然心动的，这也正是所谓的"诗意"。陶渊明、李白、杜甫、苏东坡等大诗人均已作古，但他们写的诗都幸运地流传至今，我们这些现代读者能自由地读到它们，岂止万分荣幸。不必说"羁鸟恋旧林，池鱼思故渊"，也不必说"天生我材必有用，千金散尽还复来"，更不必说"安得广厦千万间，大庇天下寒士俱欢颜"，单是一句"但愿人长久，千里共婵娟"就足以让人拍案叫绝了。

古人云"诗无达诂"，面对一首首好诗，我还能说些什么呢？但我又必须说些什么。治深这个集子中的文字，我实在是没有资格评论，这里姑且写一点读后感，以就教于方家。对于热爱写作的人来说，写作是随时随地的事。只要灵光一现，便能立即诉诸文字。我想，集子中归入"当代情怀"的诗一定就是这样诞生——生活的小区，清晨骑车过桥驻足，上班路上，工作的办公室，不一而足。这些诗颇像冰心《繁星·春水》中的诗，短小却不失隽永。《草》《地铁》《大海》等作品均耐人寻味。"古韵幽情"部分是古体诗，"浮生恰如长江水，一头向东誓不还""一门相思关不住，飞入红尘万丈渊""寒烟问柳何处宿，绣锦河山一边关"等都是难得的佳句。"曲中词意"部分是歌词，最见作者的真情。读罢全部书稿，我感到了一种淡淡的哀愁，一种无以名状的静默，这也许正应了作者所拟的书名吧！

近年来，我充分意识到了写作对一个人的重要性。在我看来，写作是一个人对自己已流逝时光的保存，是自己存在过的证明，更重要的是，它是一种自由的象征。《左传》甚至将"立言"作为三不朽之一，可谓精辟。不管写什么，也不管写得怎么样，更不管谁来读，先不管三七二十一地写起来，这就是一种昂扬的生命姿态。

很高兴见到治深具有这种昂扬的生命姿态，很高兴读到治深的这些文字，了解到他最近几年的所思所想，与他一同喜怒哀乐。虽无法见面长谈，但阅读这些文字就等于是在与他见面，不亦快哉！很高兴有治深这样一位文友，以后写作的路上就会少些寂寞了。

最后，恭祝老友治深大作《我在成都流浪》付梓。

是为序。

自序

人都是被逼无奈才会走上写诗这条路

有人说，我是一个诗人，也有人说我是一个小说创作者，还有人说我是一个情感随笔者，就我个人而言，我还是比较喜欢第一个称谓，为什么呢？因为我觉得从灵魂交流的层次来说，诗人来得更纯粹，也更深刻、更具有精神张力。

当然，这并不是说，其他类型创作者就没有深刻的灵魂碰撞，而是说表现的形式有所不同，比如说我们创作小说是将想象、现实、人生体验有机融合，语言创作注重情绪的跌宕起伏，情感诉说的方式是点滴式或小溪式的，强调娓娓道来、侃侃而谈，有一种在江南的密林中，摇曳着藤椅，斜阳西下，微风轻拂，静听溪水涓涓，静想浮生渺渺的感觉。

而诗歌就仿佛是一个大瓶子，瓶口极小极小，你所有的情绪——对遭遇的不满、对社会的不公、对人性的憎恶、对自身经历的不平，一切的一切都放在这个瓶子里，你想爆发，瓶口绝不允许，你想封上瓶口，又一时间不舍得丢弃生命，如果你有幸封上瓶口，那么恭喜你，你很可能就会成为顾城、海子、泰戈尔之辈，虽然文传千古，但人已去，自己得不来的福分，后人若得，也算值得。

最后，就只剩下一个选择，那就是只能任凭自己的情绪一丝一缕、时断时续、时猛烈时微弱地冲击瓶口，每一次冲击，都会引起灵魂的震颤，每一次震颤都会让你或忧郁或悲悯，或感叹或无奈，这样情绪如果有幸夹杂着你对文字的敏感，那么恭喜你，你已经具备了诗人的潜质，就有可能在某一天写下人生的第一行诗，比如"花开花落非人意，人前人后悲春秋""浮生恰如长江水，一头向东誓不还"等，每一句都会是灵魂的真实写照。

当你拥有了上述潜质，接下来就会面临第二个问题，那就是创作者灵魂高度的问题，也就是大家所说的为什么有的人写出来的诗不堪入目，有的人却能够让我们感同身受。

说到这个灵魂高度，其实我更愿意叫它灵魂的深渊，不要觉得深渊只能给人带来坏的一面，好像瘾君子一样，实际上，好的极端就有可能是坏，坏的极端也有可能是好，这不是简单的"祸兮福所倚，福兮祸所伏"，而是世界运行的终极规律，有点像老子说的那个"道"，万事万物一定是在两端之间、框架之内运行，如果超出这个框架，最后的结果一定是毁灭。这也是为什么我们强调中庸、适度的原因之一，只有做人中庸的人，才能发展顺利，只有吃喝适度的人，才能长寿，只有懂得节制的人，才能功成，说的就是这个道理。

好了，言归正传，那么一个写诗的人，应该如何让自己的灵魂更加深邃、更加邈远呢？首先，我觉得人一定要身处逆境，只有身处逆境，才会体会到人生的人情冷暖世态炎凉，才能够储备足够多的感受经历，为创作蓄势发力。

为什么但凡一个作家成名之后，就再难有影响力的作品了？原因是除了稿费、版权、买房等社会事务让其分心之外，更重要的是他再难保持灵魂的纯洁，因为，此刻他正在逐渐成为享受社会优质资源的那一类人。他们的目光不再执着于揭露最深刻的人性冲突，而转向于捕捉更上面一层的浅表性矛盾，以延续他们的创作，这就是他们再也写不出优秀作品的根本原因。

其次，储备够了情感，你还得拥有难以实现的梦想，用梦想与现实的巨大落差来反复煎熬你的情绪，让你的内心翻云覆雨、翻江倒海，让你的情绪瓶中装下的不是平静的湖水，而是永不平息翻腾的大海。

再次，要有一颗敏感的心，万事万物的细微变化，在你的心中都会荡起涟漪，它们既能俘获你，你又能寄情于它们，在你与它们的一推一让之间，你们有了对生命的共鸣，别看它们都是一些看似是物质的东西，比如一弯新月、一棵树、一潭死水，但在诗人的眼中，它们极具生命力，比某些活着的人高贵而纯洁得多。接着，要博览群书，要了解写诗人古往今来的精神层次，不断修炼自己的精神世界，先让自己的精神领域无限接近精神大哲，然后再另辟蹊径突破他们。当然，这里不只是王国维说得"蓦然回首，那人却在灯火阑珊处"这种人生的境界。作为一个真正具有深邃灵魂的人来说，任何业已形成的文字都是束缚，在真正的诗人心中，天地没有界限、文字更无界限。我们可以通过文字了解一个人的思想，但绝不能因为读了这个人的著作，而让自己的思想划了界限，划了意识流，什么激进派、保守派，在我看来，这是极大的错，这些人纵使知识再多，但他的精神不值一提。同时，你要从读的书中，学习基本的韵律知识，了解如何写出一首优美的诗歌，尽管现在出现了很多古体诗或新诗，但韵律的作用，并不是限制诗歌的发挥，而是为了增加诗歌的美感，除了让读者琅琅上口、更易记住之外，它可以让读者体会到文字的魅力和身临其境的美感。当然，反过来，如果一首诗歌为了追求韵律，而破坏诗歌整体的美感，那无疑舍小弃大，即便是读起来朗朗上口，那也不能叫作诗歌了。

最后是诗歌文字张力，不同的人写诗有不同的风格，有的人文字华丽，艰涩难懂，看上去很有学问，很有味道。但我认为，那是表面现象，如果你去认真读一读唐诗宋词，就会发现，但凡千古名句，一定是普通百姓皆能读懂的诗句，能揭示人生智慧，且还能口口相传。那些晦涩不明、模棱两可的词句，只有自己才能懂得的诗句，大多行之不远，就像乾隆皇帝，一辈子写了四万多首诗，比全唐诗还多，却没一首被人传颂。有一本书叫《饥饿的盛世》，你可以去看一看，自然也就理解了。

有人可能会说那些艰涩难懂的诗句，虽然没有流传下来，但不能说明作者就没水平，事实上，我想说的是他们避重就轻，没有注重灵魂上的修养，尽在文字上下功夫了，这就走向了一个错误方向，在门外汉看来还可以，如果遇到内行人，自然就原形毕露了。

所以，要想写好诗歌，首要原则就是锻造灵魂，既然锻造灵魂，那就不可避免地成为一个安静者，是一个大多数人不能理解的孤独者，在生活中，可能会有人在金钱、前途、事业等各方面鄙视你，但请忽略他们，因为我们才真正是灵魂的高贵者，思想践行者，按理来说，最应该被鄙视的是他们，然而作为一个真正的诗人，我们不会鄙视任何人，因为，诗人心中无尘。

目录

目录

目录

目录

当代情怀

我在成都流浪

灵魂

你的灵魂是那么深邃
活在你的世界里
我却一无所知

梦想

梦想啊
你什么时候变得跟路灯一样
近看　温暖而柔和
远看　生冷而孤寂

晨灯

在黑暗的灯光里

我想寻找光明　却遁入了黑暗

我想逃离黑暗　又有点点光明

闭眼

闭上眼

世界涌入耳朵

偷走了你我的童心

地铁（一）

地铁啊

没日没夜偷走我的梦想

将我的青春淹没

生命因你厚了吗

不

我们反而更加浅薄

地铁（二）

我从来不知道
我活得这么真切
在人类的脚步中
第一次感到了痛苦

地铁（三）

列车疾驰地穿过黑暗

到达终点时

才发现

我的世界活得如此光明

人们把权杖当作武器

当取得胜利时

才发现输掉了自己

褶皱

妈妈呀
你的褶皱让宇宙感到羞愧
因为
你的爱　从无边界

草

青草向晨雨说

我把最干净的身子还给大地

肮脏

却使我茁壮成长

过客

过客啊

请把我的灵魂

安放在那最陡峭的悬崖之上吧

让你的每一次交错

都能成为我最美的守望

细雨

细雨洗涤我的容颜
一并将我的沧桑沉入泥土
让万物的生命得以续延

黑暗

黑暗跟白昼不一样
它时刻窥探着我们的面容
纵是我们的心如明月一样清澈

故事

我的故事如繁花一样往复凋零
每次都向着太阳沉默的地方
给大地留下余香
静静地听着泥土呢喃

窗棂

窗棂啊
请把我的怀念葬在那轻纱的帷角吧
让它的每一次随风
都能让你看见我飘洒的泪

大海

波涛啊
大海是不会在意你肆无忌惮地翻腾
因为
它的心是平静的

忧虑与狗

把忧虑酿成狗的脚印
快乐地奔跑着
摆脱人类的贪婪
找一处安静的自然
默默地效忠

年轮

黑夜爬下我的窗台

身子窄了

闹钟像一柄理查王之剑

刺穿沸腾的噩梦

我翻滚早已厌倦的身体

走入大地

黄叶在坠落

车轮在往复

小鸟唱着这是青春

老树聊着这是年轮

无名

数着小区里喷泉的吱呀声

灯光向我袭来

我支起身子靠卧在眼里

靠卧在雾里

影子流了出来

嘲笑着你

嘲笑着我

嘲笑着人类

不懂灵魂的安宁

慈悲

慈悲啊

何故把璀璨的面容安放在人心之中

让那善良者更善良

让那卑鄙者更卑鄙

慈悲啊

何故打捞这死水里的明月

让美丽不再美丽

让丑陋不尽丑陋

啊　我的慈悲啊

为何你的声音

像那柴门中的犬吠

一声是欢迎　叫醒世人

一声是驱赶　咬死世人

地铁的呼啸声

呼啸声跳跃在我的帽檐

戴着它

湮没那早衰的白发

取下它

直面那青春的暴雨

如同死亡的牛角　刺破我的双肺

喷涌的是热血

等待的是行尸

雨声

清晨雨声在弹奏

绕过耳畔

妄图湿润我的眼睛

自然

风
拂过我的脸颊
如同你在偷我的心
让我的灵魂得以安放

灵魂与躯壳

人们总是把躯壳寄托在欲望里
但我要把我的灵魂放逐荒原
任凭日月轮转

我跟这座城市苏醒

我跟这座城市苏醒

没有星辰　　没有月光

唯有那灰蒙蒙的灯火

和这闪烁的湖水

平静的水面

如钓翁耐守般的寂寞

远处的欧式建筑

似捕得闲鱼时的窃喜

仿佛　　就在此刻

这座城才有生命的交响

才有顾盼颔首的羞媚

我爱这座城

就像爱我的眼一样

睁开它　　看到的是世界

闭上它　　拷问的是灵魂

父亲

你走了
我的世界少了一缕灵魂
像烟一样的灵魂
却比阿尔卑斯山还沉重

繁星

繁星啊
不要因为音乐很美
便放弃你的沉默
繁星啊
不要因为月亮很美
便把你的爱情安放
因为那里
寸草不生

杯中红茶

办公桌上的红茶

奄奄一息地挣扎着

主人啊

请将我撒入

那浩瀚的大海吧

哪怕只能染香

那一朵浪花

我的生命也将

从此翻腾

洗澡

洗澡了

水顺着皮肤流了下来

肮脏淌了一地

欢呼雀跃

汇聚在地漏的小孔里

地漏　笑了

房中间的射灯　笑了

而我的心

凉了

办公室盆栽

叶子黄了

在我的左手边

空调机里的风吹着

趁势

它挠了挠旁边脆得正嫩的绿叶

快汲取最后一滴水分吧

让我去跟死亡亲吻

跟灵魂苟且

绿叶敲了敲它的头

掉了

灵魂浮到了天花板

一个影子　撞了过来

几杯凉水沉入泥土

笑容

你的笑容

像鸽子一样

飞到我的天空里

我攥着一把生米

悄悄地打开

装饰一新的鸟笼

哼着小曲

默默地等着你

好美

每个人的梦

静静的

我们大了

世界小了

于是

我们有了梦

社会还是那个社会

人早已不再是那个人

接着

一群人便有了一个梦

同一个梦

几间房　一个家

偶尔　这群人会真的做梦

一个关于家的梦

家说

人生如戏　戏如人生

且行且珍惜

当代情怀

家又说

人生当须笑傲江湖

乐的是别人　成全的是自己

家还说

人生就似舌尖上的中国

尝过之后

方知酸甜苦辣

家　有时候真的很奇怪

我们不懂　社会更不懂

不过

我们明白

人生就像一个家

本不完美

又何须执着追求完美

没有经历的人生怎谓人生

没有故事的家庭又何谓家庭

最后　我们才知道

我们想要的不是一个家

而是一个有经历的人生

大笨钟与小手表

大笨钟对小手表悄声地低喃

无论你多么渺小

历经多少沧桑

一定要记住

安静待在那里

让世界静静地走向你

小手表一如既往吸吮我的温度

满足地躺在我的怀里

冬雪

黑夜在窗外

狂躁地向枝头上的冬雪吼到

你就算是再美

在我的世界里

你也将一无所有

冬雪静静地望着它

一轮明月悄然升起

青春

青春

如同鞋下的泥土

无论怎么翻滚

都摆脱不了脚的丈量

灵魂

我的灵魂在头顶注视着我
我惬意地躲开他的眼
奔向那世界的角落
在黑暗里
隐隐地垂泣

夏殇

夜

雨声在流浪

翻过灯光筑成的围墙

静静地支撑那呢喃般的芬芳

我的孤影无处可藏

啊　这早已久违的夏殇

雨

雨

快埋葬你温婉的细腻吧

随同那暗淡的月色一起

让沉淀的岁月

静悄悄将你碎裂

学会像那泥土一样

用它声嘶力竭的哀怨

清澈明亮的泪水

酿成那永久的芬芳

小草

当我死去时
愿我的灵魂能与你微语
愿我的爱情能化作你那随风摇曳的丝丝嫩绿

背影

扭头　扭头　扭头
阳光挣扎着翻看自己的背影
照亮了世界

晨

清晨

清风扑通一声钻入袖筒

溅出两朵曦阳

温柔的浅笑

好似盛满酒的酒窖

历久而弥香

雾与庙

那一天　晨

我蠢立在山尖

清风萧杀了视野

却闻得老雾狂舞

迎面撞来几声寒钟

声嘶力竭

你抹杀了我的面孔

却让我的灵魂活得意味深长

黑夜（一）

黑夜从来不愿睁开眼

去远眺城市里的夜空

因为　他怕刺伤他的眼

黑夜（二）

黑夜睡过去了
临睡之前
唤醒了朝霞
来守望自己

霓虹灯

霓虹灯挣扎着从黑暗的角落里

爬出来

将手伸向天边的朝霞

急切里裸露着悲悯

救救我　快救救我

黑夜正拿着皮鞭拷问我

慢慢　它脱掉了自己的光亮

留下尘埃与伤痕

在晨风里低吟浅笑

浮萍

生命就像是一叶浮萍

轻轻地摇曳在水面上

影子却落在面前波纹里

永远看见自己

却永远触不可及

都说

它太容易随波逐流

一阵清风　便翻了几个跟头

好在

清澈的池水永远都在托举着它

纵使不小心　飘起　落下

也只是沾了衣裳　凉了背梁

总有一天　或许

它会厌倦这样的翻腾

对着自己的影子说

何苦呢　何苦呢

纵使留下优美的弧线

也不过刹那烟火

留得住美丽　留得住记忆

却永远留不住曾经的心扉

公交车

公交车
肆无忌惮地划破黑夜
影子留了下来
拉得老长　老长
为什么你总是黑的
我好奇地问
它说
因为你只给了我光明

唤醒

沉睡的夜啊
快来唤醒我吧
我的夜里早已没有了繁星
让我看看你的眼
记住你的美

车上

群树在我面前倒退着
我的心
跟着它们一起倒退
等等我　等等我　我心中的那一抹绿

孤寂

孤寂把自己埋在泥土里

长成路边的荆棘

踩到它的人很疼

看到人感觉很疼

于是

它将自己长成花朵

摘走它的人很多

带走它美丽的却很少

城市里的树

晨曦

群树站在两旁

默默地向人类敬礼

人类回敬

这座城市所有的尘埃

今早看到环卫工人砍掉人行道的树，有感

树说
我安静地站在这里
等待着你们来砍掉我
我惊诧地问
为什么
因为我倒下的时刻
才是我最自由的时候

面纱

清晨

蜡白的天空

为我的忧郁蒙上一层薄薄的面纱

褪去它时　很美

戴上它时　更美

清晨

清晨

阳光射到了我的眼

射伤了我的心

傍晚

阳光躲在火烧云后

放纵了眼睛

点燃了内心

看见

太阳照亮了树木

树木说

我看见了我饱受风霜的身影

月亮照亮了小溪

月亮说

我看见了我残缺不全的纯美

小溪说

谢谢你

我第一次看见了我在流淌

黑暗与光明

眼

看得见光明

看不见黑暗

世界

一半光明

一半黑暗

光明给了眼睛光明

黑暗给了眼睛黑暗

于是

站在光明里

眼睛用来发现光明

站在黑暗里

却不知

是眼睛发现了黑暗

还是

黑暗发现了眼睛

当代情怀

上帝的世界

我们永远不懂

就像

光明和黑暗

彼此懂得

却永远都不能相见

或许　这就是缺陷

这就是美

如同人生一般

没有完美

只有不断演绎的缺陷

回头想

也许

光明的美只有黑暗才懂得

黑暗的美也只有光明才明白

眼睛就像一个外人

带来了发现

却永远

带不来发现之后的胸怀

梦中的你

一眼间

转瞬开合

昨夜里

半点朦胧

相思味

盛起满天星斗

无限情

尽是湿襟衣袖

纵横泪

何时是尽头

你要来了

我知道
你要来了
热烈地扑面而来
我恨不得
马上缝合我所有的痛苦
用一颗完整而澎湃的心
将你包裹

我知道
你要来了
我挚爱的生命
父亲用诗一样的语言迎接你
希望将来
你能用同样的语言祭奠我

我知道

你要来了

我的孩子

世界这般美好

像你的笑容一样

生命这般苦难

如同我看见你眼角的泪

那般心碎

但是孩子

咱们不怕

无论何时我和你伟大的母亲

都会在你身边

纵使

有一天　我们不在人世

当你仰望星空

那颗最亮的星　也一定就是我们

我知道

你要来了

我跟你母亲深爱的结晶

父亲希望

你能拥有一个完整而平凡的人生

不希冀高官厚禄

不唯愿财如金山

诱惑是快乐的

亦是危险的

但是

相信爸爸的话

它一定是短暂的

它只会让你渐渐地失去自己

有一天

它一定会与你见面

你一定要认真地审视自己

拷问自己的灵魂

这是我生命必须获得的吗

我知道

你要来了

我和你母亲血脉的延续

希望

你学会真诚爱一切事物

首先不是爱我们

而是爱自己

爱自己的身体

爱自己的爱好

爱自己的理想

爱自己的思想

因为只有学会了爱自己

才懂得如何爱别人

其次是爱别人

理解别人的苦难

理解别人的爱好

理解别人的立场

理解别人的情感

这样

你才能交到真正的朋友

最后是爱你的家人

爱一切爱你的亲人

爱那些逝去的长辈

爱将来会拥有的家庭

尊重对方的父母

尊重他们的习惯

包容他们的缺点

改掉自身的毛病

因为

只有这样

你才能真切感受到人间真情

我知道

你要来了

爸爸想说的话太多

但是

千万万语汇成一句话

那就是

你要做一个

人格独立思想自由

看得清自己合理合法健康向上的追求

不流俗于社会

懂得尊重生命　爱护生命的人

青春

青春啊
为何要偷走你我的激情
在人类构建的等级里
猛烈撞壁

夜

夜
你安静得就像少妇
忧郁地守着窗前的雨

时间

你还会回来吗
不了
因为我已经帮你长大

大地的微笑

你在哪里呀
大地的微笑
是妈妈怀抱里吗
还是在浮华的人心里

女娲

女娲啊
为什么创造了人类
偏偏赋予他思想呢
以至于
有的人都活在囚笼里
疲惫不堪

夏天

夏天对秋天说

我把热情给了大地

让花儿跳舞

让绿叶欢呼

秋天说

我让大地丰收

自然

风
拂过我的脸颊
如同你在偷我的心
让我的灵魂得以安放

灰色人生

人生啊

你的世界里

蝴蝶还在飞吗

鸟儿还在鸣吗

不　我的心早如死谷

与世界和解

我们无法放过自己

如同

梦想

从来不会放过我们一样

时刻鞭笞我们

戴着脚镣跳舞

直至死去　直至永恒

回忆

孤灯只影　许下青雨未眠

沦落梧桐　只余长灯伴相思　岁月长亭　俱葬了多少残花

提笔泼墨泛黄纸　竟不知羞煞了多少年日　俱往矣清发丛生

孤灯豪情犹在

一卷书香

清瘦人间　独留相思醉相思　寒蝉滋味　游子方心

乡情未敢轻易断　唯有寸心梦孤莲

大漠意　边关情

本应吹角连号　却是幽怨横生

非是劲风不努力　只是乡音草木唤吾心

到如今　终得家池解幽怨

岂难料　人生远比人身长

解罢愁肠　却生忧肠　年年岁岁复年岁

猛醒悟　忧肠难解忧肠意　相思难解相思情

古韵幽情

我在成都流浪

好一个秋

秋色好凉薄，
叶下又无花。
枯枝朝天际，
人心乱如麻。

［注］秋天最凉薄了，花丛里的花又没有了。只剩下枯枝朝向天边，此刻人心早已乱成一团。

买一壶梅子酒，突然有感

一壶相思万人饮，
何人还识老秦观？
浮生恰如长江水，
一头向东誓不还。

[注]一壶相思酒，被无数的文人，饮用了千年，到现在，还有多少人记得《鹊桥仙》里的老秦观？人生啊，匆匆就如长江水，一头向东再也不会回来了，哎……

秋晨上班

寅时生烟不觉雨，
怒将两江翻藻流。
阴云惶惶催叶老，
哪年秋日不关愁？

［注］寅时透过灯光看到外面生了很浓的烟，一点儿也感觉不到雨，早晨上班却看见小区门前两条江江底的水藻被翻将出来向东流去。远处的阴云战战兢兢地催促叶子赶快老，不由得，愁绪悄然而生！

寺中秋虫

斜日尝百露，
秋虫浅草游。
梵音日日有，
动静不到头。

［注］清晨的阳光最先品尝白露，秋虫在浅草中游动。不远处二江寺里的念经声天天都有，但是他们制造的动静永远不到头。暗喻：一说起道理大家都懂，但真正落到自己身上，道理就不灵验了，因此生出的动静永远没有尽头。

人生求个啥?

月满月亏月不知，花开花落总觉寒。

人生匆忙三万日，终将辛苦赋流年。

前生读尽薄幸名，后生望断富贵山。

待到年老安贫贱，不料穷疾恶似潭。

一朝醒悟终归晚，呜呼哀哉青冢填。

人生求乐且得苦，不若孩童自懂闲。

[注] 人的一生匆匆忙忙三万天，将辛苦诠释了一辈子：前半生读书寒窗苦读，后半生在社会上拼了命去逐名追利。等到老了，觉得可以好好休息休息安度晚年了，哪知道疾病像深不见底的恶潭一样，折磨你啊，痛啊，后来就是钱花光了，穷啊。这个时候躺在病床上回忆一辈子，才觉得不值得，为什么我不能在还好好的时候做点有意义、又让自己快乐的事情呢，可惜已经晚了，呜呼哀哉！怨恨着、悔恨着走向了坟墓，本来想着这辈子就是为了追求快乐而活，没想到得到越多，生活越苦，还不如一个孩童懂得什么才叫真正的闲适、自在、快乐。

无奈

一夜不知花初醒，
赚了颜色又夺香。
苍柏最知是无奈，
年年相似守寒霜。

［注］早上出门不知道花已经苏醒，不仅自己开得五颜
六色，还赚足了香味。远处的柏树看到了最是无奈，年年我都
是差不多的颜色，孤独地守着一年又一年的寒霜。暗喻：看到
别人奋发图强，一步一个脚印走向梦想，而自己仿佛在原地踏
步，想参与春潮，无奈岁月不愿。

等公交车，夏晨

一眼蓬蒿草，二只蝉燥鸣，
三种炊烟味，四个路人行。
五色摇曳叶，六声寺钟停，
七里长亭死，八步相思情。

　　［注］早上等公交车，一眼看去尽是杂草，两只蝉就在跟前的草里鸣叫，很烦躁。闻到了至少三种炊烟的味道，四个人从我面前走过。阳光下，不同的角度，叶子的颜色不同，至少有五种，还在随风飘摇，远处的二江寺寺钟响了六声，停下来了。南湖公园的七里长亭早就破损了，我走了八步顿起怀念之情。

盛夏·晨

行人墙头花重影，
草漫芒鞋露露莹。
日映江曲三千里，
蝉隐高树恰恰鸣。

［注］夏天的天一大早就亮了，早上上班，行人走过小区的小路，人的影子、花的影子，重叠在墙上，摇啊摇，摇啊摇，鞋子漫过路边草丛，上面的露水一颗接着一颗，晶莹又剔透。出了小区，向远处看去，门外的两条江早已被照出颜色，蝉埋伏在树上不停地叫，这就是成都的夏。

秋夜

绵绵幽幽夜，轻轻素素风。

邻舍稚子笑，窗下行人空。

河道氤氲起，浅浅老钓翁。

茫茫江河水，裹愁向江东。

［注］秋天的夜绵绵幽幽的，轻轻素素的风淡淡地吹着。隔壁邻居家的孩子笑得很开心，窗下的行人渐渐没了。不远处的河道隐约看着有雾起来，浅浅的浮现一个老钓翁。茫茫的江河水一直流，裹着我的忧愁一直奔向江东。

登峨眉山感怀（其一）

浩渺雨森森，亭下云沉沉。
山如波涛涌，松在楚天横。
千古攀者众，佛心无几人。
皆求如愿事，不修菩提门。

[注]登峨眉山，恰逢山雨不停，时而停下了，云在亭下的美景出现。山如波涛一样涌过来，一排排松树横在天边，美哉！千古攀登者不计其数，有佛心的没几人。都想求得如愿事，却从不修行，明心见性，大彻大悟，参透真实人生。

登峨眉山感怀（其二）

佛观四方事，

人生八窍心。

解惑再得惑，

成果又成因。

　　[注]佛观四方，人却生了八窍妄念心。求得佛祖解得了一个疑惑，马上又会生出另一个疑惑，有了一个结果，马上又生出更大的欲望。暗喻：人的欲望无穷尽，念想无穷尽，难得人生真谛。

今晨上班

朝日不出云，禾豆两岸平。

霞横三千里，惊了沙鸥鸣。

路人匆匆起，江岸促促行。

几人肯登高，一抒山河情？

［注］太阳没有走出云端，江边两岸种的禾豆蔬菜一样高。霞光纵横了三千里，惊起沙鸥鸣叫。上班的匆匆地爬起来，沿着河岸急急地行走。还有几人肯登上高处，一览这大好河山，壮那江山情怀？暗喻：美在身边，不要失去发现美的心态。

天下

草木复枯又复荣，
山河兴驰几度空。
浮沉天下多少事，
几人甘为老钓翁？

[注] 几千年了，有草木荣枯，有血雨腥风，在一个又一个生命离去的面前，在一个又一个朝代更替面前，几人脱离得了功名利禄，几人能真正做到放空自我，得大自在？暗喻：一切痛苦源自人心，一切喜乐源自人心，人是自己创造喜怒哀乐的根源，人皆活在自我设定的怪圈里，看不到生命的本质。

看上班路人

花开两岸雾沉江，
舟子摇桨鸟敲窗。
寺钟不鸣梵音起，
行人何不赏春香？

［注］早上雾色蒙蒙，就像沉入江中一样，花开在岸边独自招展，驾舟的小子在雾中摇着船桨，一下又一下，鸟儿飞到乌篷船的窗户边上，以为可以轻松穿过。这个点儿了，二江寺的钟声早应该敲响，可是为什么还没响，和尚们念经的声音却响了，小区上班的年轻人一个个行色匆匆，背着行囊，拿着手机，仿佛时刻都在忙碌，为何不停下来，品赏每天不同的春香？

昨夜

灯下花重影，
江上梵音高。
春色沾满园，
小月出树梢。

[注] 灯下花影重又重，两江上寺庙里的钟声时不时略过江面，一声比一声高。春色沾满了小区，弯弯小月渐渐露出了树梢。

夜雨

阴雨灯火万家稀,
半墙枯枝半墙碧。
小园春色急冒进,
赚得夜莺早早啼。

［注］下了两夜的雨了，小区的草木一半是枯的，一半是绿的。感觉这雨的作用就是让满园的春色急不可耐地出现，惹得夜莺早早地就开始鸣叫了。

昨夜散步有感

枯亭影对半，
月在风后高。
江曲三千里，
一舟任波涛。

[注] 昨夜散步，月亮又高又亮，小区中庭的枯亭在月光下，影子被树木分成了两半。小区门口的两江水绕啊绕，足足三千里，而一叶扁舟上下起伏，任凭波涛拍打。暗喻：人生江海，我就是那一叶孤舟，在社会的大潮中，任凭风吹雨打，仍乘风破浪独行。

花香

滴滴凉风幽幽雨，
绵绵枝头重重花。
两江合抱百香死，
台柳无情不顾它。

［注］凉风送来幽雨，打湿了绵绵枝头上一重又一重的花。小区面前的两江闻到了花香，欲挟着花香奔流不回头，岸边的柳树一点也不在乎。暗喻：有时你自己在意的事，对别人来说一文不值。

夜

冷月近，小院空，
瘦枝屡屡拨春风。
可怜夜深总不寐，
怨情扑满锦江中。

［注］初春满月，院子里空无人影，冬季刚过，春季叶
子都还没有发芽，依然能够感觉到瘦枝、春风。可怜的我夜深
了还睡不着，胸中的怨情扑满了锦江。

下班路上，看一人伫立桥头

寂寞山色藏古寺，
空阶细雨滴到明。
何人拈花侍桥头，
断肠人养断肠情。

［注］山中的颜色藏在二江寺里，有花，有草，有雨，寺中的阶梯被细雨滴到天明。是谁拈花站在桥头？可能是一个断肠人正在养他的断肠情吧！

残阳

寂寞池塘冷漠水，
却生枝影又几重。
奈何残阳偏照尔，
不顾幼花青与红。

［注］池塘里的水早就死了，可还是生了很多枝影。奈何残阳只顾照到你，不管旁边阴暗地方的幼花青与红呢？暗喻：命运不公，同是生命，却有差别。

老书生

半船闲月半船愁，
一只孤灯一白头。
借酒复问江何去，
寂寞滩头皇帝洲。

［注］一个考了很久的老童生，始终不高中，再次坐船回到自己的故乡，月亮照进了半截乌篷船，半船都是愁，乌篷船里面坐着老童生，一只孤灯照出了他的白头。微醺后，指着船家反复问，这个江到底要往哪里流呢？童生心想大概就是一个名叫皇帝洲的寂寞滩头吧。

春晨·小区

池水幕幕,冰清春色知多少? 桃花白处,行人裹烟雨。

又是重逢,一座孤亭朽,冬去也,萋萋无数,不敌飘零路。

[注] 上阕:早晨起来,有雾有几滴雨,小区的喷泉开了,一幕幕白,曰池水幕幕。这天气,倍觉冰冷,故说冰清春色知多少? 白色桃花的地方,行人裹着烟雨前行;下阕:又是这样的景象,小区唯一的木亭一年比一年朽,冬天去了,春草萋萋无数,都敌不过一年又一年的飘零路。

筝声

江水潮潮惶惶柳，

筝声断断寸寸愁。

一曲应润舒风雨，

何处炊烟向自由？

［注］大雨，江水一潮又一潮地翻滚，让岸边的柳树都
感到惶恐，不知哪家这么早就在弹古筝，断断续续的，惹得我
愁绪也是一寸一寸地绵长。本来这样的筝声应该润舒这风雨，
让人心情舒畅，突然看见很远的树林里冒出了炊烟，自由飘散，
心情稍解。寓意：人都有对自由的向往。

怨女

寒风瑟瑟卸杏色，
江雾沉沉埋深闺。
花开花落非人意，
人前人后悲春秋。

[注]寒风萧瑟，卸掉了银杏树的黄色，今早上的江雾
很沉很沉，埋住了深闺中的怨女。花开花落从不随人意，人前
人后总是在悲春秋。暗喻：文人的敏感，理想与现实碰撞的无
奈，亦是自嘲。

江湖

少年未征鬓发无，
千丈豪情万丈谷。
成败是非年年有，
人生何处不江湖？

［注］少年还没有出征，耳边的头发都掉光了，千丈的
豪情，无奈，却待在了万丈的深谷里。人生的成败，生活中的
是非年年都有，人生何处不是江湖呢？

上班遇梅

微风一夜寒彻骨，
推门惊闻暗香浮。
谁言老冬尽枯草，
墙角小梅正征途。

〔注〕小风吹了一夜，早晨起来，寒意彻骨，刚出门就闻到花香。哪个说的深冬都是枯败的野草，你看，墙角那枝小梅才刚刚踏上征途。暗喻：年龄不是问题，只要有志向，随时都可以出发！

人在江湖

一身愁苦何寄，寒鸦几片枯松。案头年年生白发，孤卷残月夜，人影舞东风。

几个小子相依，杯中怨气不穷。豪情干直惹人嫌，江湖人心重，是非总不同。

［注］一身愁苦向哪里寄宿，一只寒鸦，几片枯松。年年伏在案头生了白发，残月下，还有未读完的书，影子在吹入的东风里摇曳，像是在跳舞。几个小子小聚，说起来怨气无穷无尽。大意是实心干事，性情干直，反而不如那些圆滑伪诚之人，江湖人心太重，是非总是不同。

今晨·过南湖桥头

初阳雾里过桥头，
伶仃寂寥一扁舟。
春风不眠绿柳岸，
吹尽落花片片愁。

　　[注]今晨，初阳在薄薄的雾里穿过桥头，河中的一只
小船显得孤单而凄凉。春风一夜不眠吹绿了岸边的柳树，也吹
尽了落花，让我徒增一片一片的闲愁。

花

花劫春色誓留香，
欲借东风送汪洋。
自命千年情最重，
不知有月有杜康。

[注] 花劫持了春天的颜色，变得美丽，这还不够，誓要留下香味借东风送向更远的汪洋。自己觉得自己是千年来最能勾起文人的情怀，竟然忘记了还有明月和杜康。暗喻：一山更比一山高，强中更有强中手，做人做事需低调、谦逊，方能认清自己的短处，看到别人的长处。

无聊·望春

一轮闲月望春出，
几只乌鸟待春归。
出时不惹情人泪，
归时莫妒柳丝垂。

[注] 一轮闲月望着春天来了，几只黑色的鸟等到春天
来了，就要归去了。月亮出来的时候，不要惹情人的眼泪，黑
鸟归去的时候，也不要妒忌垂柳丝长。

前路

几寸苦雾遮望眼？
前路有头似无头。
枯树犹有两片叶，
了却冬风一段愁。

[注]两江升起的浓雾有几寸？遮住了看向远方的眼睛，明明知道前面的路有尽头却好像又没有尽头（暗喻飘零蹉跎的人生）。抬头一看，才发现，路边的银杏树，还剩下两片叶子，刚好解了冬风此时的愁绪（说是冬风，不若是人）。

鹊

——记七夕千百年来无人关注的鹊

碧空万里最无忧，
单有客鹊代代愁。
本是人间自由鸟，
偏为美名做桥头。

[注] 今日，碧空万里无云，这样的天气是最难产生忧愁的，但是却有喜鹊代代都在这一天忧愁。本来是人间最自由的鸟，偏偏为了"鹊桥"的美名去做神仙们踩在脚下的桥头。暗喻：人生有很多选择，功名利禄是把双刃剑，一旦陷入太深，你就会活得不自由，成为功名利禄的囚徒。

坐公交车上班，感怀

晨灯幕幕露如珍，
衰草冻枝疏影横。
风雨哪知人情重，
乱将寒意送故人。

［注］今日出门，天气甚是寒冷，坐在公交车上，看见
路灯模模糊糊，敌不过真实的黑夜，根本照不清人的面孔，草
坪上的露珠在灯光的照射下，还真像珍珠。路边已经衰败的枯
草和孤独的树枝，影子横七竖八地倒在门上、窗上、路灯上，
风雨哪里知道人情冷暖，乱将寒意送给曾经的故人。

失眠

夜半蚊声撕病耳，
惊退好梦又一升。
怨情未经月斟酌，
闯入人间乱三更。

［注］半夜睡得正香，有个蚊子在耳边嗡嗡飞，不但把
我咬醒，还把我吵醒，刚刚做的好梦，一下子又被惊跑了，恨
不得把它揉成稀巴烂。我心中那个怨啊，还没得到月色的同意，
就跑到人间来扰乱三更，越积越多。

秋雨

滚雷过秋雨，老风扶新寒。

坐看山色迷，愁情不等闲。

残荷烦夏燥，雏菊怨凉深。

孤灯不喜雨，何故近黄昏？

[注]滚滚惊雷漫过秋雨，老烈的秋风挽扶出新一年的寒意。坐在床边看远处的山色，一片迷茫，忧愁的情绪不等闲时，簇拥着涌上心头。昨日干瘪的残荷才烦恼夏日的燥热，今日刚想冒头的雏菊便怨恨凉意太深。路上小灯一点儿也不喜欢这场雨，却拼命地想挤进这黄昏，代替繁星，照亮这灰蒙的夜空。暗喻：世事变幻无常，一件事物从不同的角度看会有不同的结果，对残荷来说，想要一场秋雨缓解燥热，而对雏菊来说，则是这凉意太猛，更愿意缓慢入秋。对小灯而言，虽然明知不比繁星，却自然挤入黄昏，说明再小的力量，只要梦想还在，依然很美！

雨

恨雨不得时，总来长愁丝。

本有千千结，又生万万枝。

羁泊穷流年，须白未可知。

功名若浮云，富贵要深思。

［注］怨恨雨来得不是时候，本有千千的愁丝。一结连着一结，如今又在上面生出了万万的枝节。漂泊数载，头发、胡须白了竟不自知。回想起来，又有哪一刻为自己而活，无不是为了功名利实禄、劳苦劳心，奉劝他人啊，功名不好挣，富贵要深思，一旦陷入痴念，人生的快乐将越来越少。

初月夜漫步南湖新草坪

月入深草扑灯花，
惊出老蛙又一呱。
声声怀抱清江水，
忧愁滚滚逐飞花。

[注] 饭后于南湖新草坪漫步，草长得很高，好久没见的月亮，看中了暗黄路灯投映在青草上的灯花，一下子扑了进去，惊起了老蛙齐鸣，很吵闹。这叫声好像抱住旁边锦江里的河水流向远方，裹挟着忧愁流逐两岸落下的各色飞花，像这河水一样，不知流向何方，哪里才是尽头。暗喻：人这一生忧愁无限，时光重复，只有看得开，才能走得更远。

离别

一年一回首，无情是别离。

六月送友去，掩面苦自啼。

烈日照高树，松树皆萎靡。

蝉鸣唱哀曲，花下柳枝疲。

[注] 昨日中午送走一友，不免回首这一年，最无情就是别离了。离别时，看他离去的背影，眼泪不自觉流了下来。太阳正当空照，一点云彩都没有，松树皆被晒得萎靡。这时候连蝉叫都充满了哀怨，转头一眼竟在花丛里发现了掉落的柳枝，每个都是疲态，让人更加感到惆怅。

五四青年节寄青春

青春颜色多激变，
骤雨急风似云烟。
雄心一片向天际，
死后我心无遗憾！

［注］青春是激情的年华，是充满各种颜色的年华，在
这里，我们指点江山，激扬文字，勾画蓝图，追逐梦想，却十
分短暂，像云烟一般。我们把我们的雄心向上天述说，要事业，
要梦想，但这个年龄谁又能想到，我们死后心里有没有遗憾？
暗寓：激情的岁月，奋斗终生，不给自己留下缺憾！

梦

一梦捀一梦，似醒非醒中。

历朝数百事，几重又几重。

刚入翰林院，又到衣冠冢。

匆匆几十载，是非转头空。

[注] 晚上不停地做梦，睡得很浅，睡着了却知道自己
还是醒着的。古代的事、自己的事一重又一重。印象深一点的
是，刚梦到自己在清朝入了翰林院，转眼间就进了衣冠冢。醒
来感慨人生匆匆几十年，各种是是非非转眼间都会化为乌有。
暗喻：人生无常，无论是痛苦、快乐，都应该看淡一点。

我的小区

近城近村近农家，
依水依花依大江。
一夜不知秋风至，
飞叶飞花飞稻香。

［注］我的小区在城市的郊区，这里是两条河的交汇处，一面可以看到农家的炊烟，一面可以看到高耸的大楼。秋风吹了一夜，树上的叶子落了，稻谷的香味飘来了。

桥头风景

黄叶飞尽落花意，
初阳燃遍十月花。
秋水长歌三千里，
白鹭顺出葫芦瓜。

［注］银杏树叶不停地飞，飞出了落花绵绵忧情，早上的太阳燃遍了从十月一直开放到现在的花。二江的水浩浩荡荡奔腾千里，不停地发出低吼，一只白鹭飞起，顺势牵出水中的葫芦瓜。

秋色

秋雨丝丝千千垂，
雾里绵绵沉沉江。
银杏落尽黄昏叶，
芙蓉庭外朵朵张。

［注］秋雨下了一天，丝丝千千垂，起雾了，江水在雾里绵绵沉沉的。银杏落尽了黄昏叶，而这时，小区外的芙蓉正在朵朵开放。暗喻：一代人可能即将退出，而又一代的人则正青春，无论什么人或事终会退场，新人也会不断涌现！

怜女

桂花落尽深秋雨，
烟云闺中又泪痕。
相知何愁山河远，
人间难得有情人。

［注］秋天的雨落尽了桂花，烟云朦胧中闺中的女子又
一次落下了眼泪。既然相知，何愁山河再远，人间最难的是有
情人终成眷属。

成都的秋

风雨夜夜起，江色日日沉。
花色多变幻，青山隐柴门。
行人添素衣，老犬留沙痕。
都言秋色早，愁煞守窗人。

[注] 最近的雨每天晚上都在下，江上的颜色一直灰蒙蒙的。每天回家时不时地看到花儿一天换了一种颜色，在小区的门口，再难看见远处的青山。行人逐渐添加了衣服，小区里年老的狗在主人的带领下，去河边的沙滩玩，留下了各种痕迹。大家都说今年的秋天来得早，真是愁煞了我这个守着窗台孤独远眺的人，哎……

鹊桥

千年七夕千年秋，
万里鹊桥早作旧。
横阑偏听鹊私语，
想入人间百花沟。

　　[注] 七夕过了上千年，鹊桥早就破旧不堪，牛郎织女最初的情话很早就说完了，一年一度的相见变成话家常。我听见搭鹊桥的喜鹊私下言语，不想做天上的喜鹊了，只想飞入人间的百花沟中享受自由！

地震

山中巨石大如斗，
高低层次各不同。
本在崖前守风月，
却落凡尘误路工。

［注］又听到川西地区地震的消息，遂作。山中的石头
很大，参差不齐，各自处的位置也不同。本来都在崖边守候日
月轮转，岂料一地震，落下崖底挡住行人的道路，增加了工人
修通的难度。

古代官风

官到用时堪可做，
德才胸怀不忧无。
可笑丞相勤百事，
不如近待吹耳弧。

［注］突然想到电视剧中，一个不得意的士子。等到用
我的时候，我一定会拥有做官的德行和能力。可笑的是，就算
你拥有这样的德行和能力，还不如领导耳边的几句闲言碎语。

公交车过桥望蝶

轻轻河边舞东风，
哪管人间荣与功。
宁在枝头抱香死，
不回巢中守蚕蛹！

[注] 河边的蝴蝶随着东风跳舞，根本不管人间的荣辱
与功名。宁愿在枝头抱着香味死去，也不愿意回到巢穴中空守
蚕蛹。

清晨骑车过桥驻足有感

雨涨河水未见疾，
还露滩头任鸟欺。
无情最是台岸柳，
随风逐浪无骨气。

　　[注] 一夜的雨，河水涨了却不见河水流得比以前快，中间露出滩头，几只鸟儿在上面一会儿翻翻泥土，一会儿盘旋。最无情的是岸边的柳树，看到这一切，丝毫没有情感，随风逐浪，飘下柳絮。

入夜

噪声溅入耳，
江清月更明。
台前闻花意，
还熏旧时亭！

［注］天快黑了，外面仍然一片嘈杂声，声声入耳，我
站在窗前，望向江边，发现平时污浊的江水，在高处，在夜里，
竟然变得清澈。闻着被风送来的花香，花说我还是想熏一熏二
江寺的残亭，哎，花开一年又一年，人老一岁又一岁，感叹白
驹过隙，时光易逝啊！

春晨，上班路偶遇佳人

一幕白雾杀春景，

百亩良田未尽开。

傍花随柳闻香近，

无人知是青娥来。

[注] 青娥：古代对美丽少女的尊称。浓雾将春景全部遮挡，百亩的良田也淹没在雾霾中。跟着花、跟着柳树往前走，闻到一股清香，等到走近，才发现是一位美丽的少女。

适才偶遇小燕有感

一夜小雨凉梅骨，
半亩芸薹①香窗烛。
微风徐徐醉玄鸟②，
跌跌撞撞回小筑！

[注] ①芸薹：油菜花。②玄鸟：燕子。

小雨下了一夜，微凉的气息让梅花都感到了寒意，窗外不大的田地，油菜花香渐次扑来，迷醉了初春的燕子，跌跌撞撞回到自己的巢里。

秦岭山夜思

蝉音入夜破皓月，
关山横岭惊险滩。
一门相思关不住，
飞入红尘万丈渊。

[注] 夜晚，蟑叫声仿佛把明月都叫破了，四周伟奇的大山把脚下的险滩都惊吓住了。这时我思绪飞扬，想起了爱人，满屋子的相思再也关不住，飞往世间红尘的万丈深渊。

清明遇梅有感

本是寒冬物，逢春亦自开。
不输桃李色，尤占傲枝台。
群蜂采撷忙，艳蝶次第来。
清明生细雨，无情是苍柏。

［注］梅花本是冬天才开的，却来挤春天的热闹。虽然是春天的梅花，但也不输给桃花和李花，仍然充满傲气。一群又一群的蜜蜂，从花朵飞往巢穴，美丽的蝴蝶也跟着来了。恰好今天是清明，下起了小小的细雨，最没有感情的是这雨中的苍柏，四季常绿，百年生出了劲意，丝毫没有四季变化，冷淡依然。

琵琶情

寒风枝头雪，
月下琵琶音。
三朝六阁事，
尽入玉女心。

[注] 雪满枝头，寒风烈烈，女孩一曲，仿佛将浩浩荡荡的波澜历史融入音中，也融入了她那深邃的心中，听罢，感触良多……

老翁

西山日暮迟，
百花已竞香。
老翁深山藏，
清音早流觞。

［注］安静的时候，想象自己是那山中一老翁。

西边山上太阳迟迟不见出来，道路两旁的花香早已比起来，谁的更香。老翁藏在这大山中的一处，独奏清笛，声音像流水一般悠然邈远。

小亭夜思

幽幽青笛折翠柳，
涩涩寒灯翘帷头。
清风借酒凋影树，
醉罢闲惘生苦愁。

[注] 夜晚在小区的亭子里胡思乱想，笛声折断了翠柳，寒灯撬动我床边的帷头。清风借酒壮胆，凋落树的影子，把惘怅醉完了，又生出了愁苦。

九华烟云

浮云吐雾九华涧，
钟声溢满山中烟。
花鸟含香护幽寺，
罗汉菩萨戏九天。

［注］去池州出差，顺道登九华山。九华山浓雾重重，好似仙境，钟声在雾中飘荡，花鸟在雾中嬉戏，一派世外桃源之感。

立春

风落日暮春池清，
花潜佳酿护孤亭。
梅骨冷影游肩戏，
独流盈香沁鼻惊。

［注］立春了，微风吹落了傍晚的太阳，池水清清花儿潜伏在幽香的佳酿里护卫着孤亭。梅花的影子，在我的肩膀上嬉戏，只留下香味沁润我的鼻息。

蓉城春雨

雨伏三千尺，
落地亦无声。
本是春暖意，
难料寒冬生。

［注］雨潜伏在三千尺之上，落到地面还没有声音。现在早该春暖花开了，可没想到还是像寒冬一样冷。

除夕

除夕夜未眠，
寒意急急生。
独守空烛台，
孤影自赏春。

［注］一个人的除夕，心情复杂，各种情感羁绊……

又是一人独过除夕，心中的寒意陡生，各种念头一个赶着一个冒出来。独自守着烛台，孤单的影子自己安慰自己等候初春。

苏醒

泽玉温寒月，
黠光暖衾夜。
信步庭中阙，
独自空悲切。

［注］半夜醒来，桌子上的玉石温暖了寒月，月亮狡黠的光又温暖了寒冷的夜。我一个人走到中庭，不知道哪里来的情感，兀自添了很多悲悯。

风

寒风卷起尘难尽，

边关烽火筑成疆。

银铠金甲鬼神敬，

忠魂难以尺丈量。

［注］看《康熙王朝》有感。康熙帝出征逢冬，边关烽火连天，将士们裹着寒风，马踏疆场，尘埃不尽，一个又一个的躯体倒下。银铠金甲还在闪闪发光，连鬼神都敬而远之，要说忠臣的魂魄用什么来丈量，世间的标尺恐怕难以衡量。

蓉城冬夜寄情

夜半清风漏雨声，
惊落寒梅盈窗棂。
沉香暗许孤影意，
吾知吾心为情生！

[注]夜半清风送来细雨，惊落了梅花不停地打窗前的灯。花瓣向房间里的孤影暗自送去情意，此刻，我就知道我的心里为情而生。

蓉城秋

清风衔雾漫蓉城，
独留微霞戏云端。
极目欲觅清明处，
唯有紫霞一缕烟。

［注］反腐感言。看完《人民的民义》正值成都的秋，微弱的秋风带着雾霾裹满了成都，只是在天边有一缕微霞在云端。我努力要看清这雾霾之下，何处还有清朗所在，只剩下方才的那一缕紫霞和不远处百姓家头的一丝炊烟。

夜雨秋

蒙蒙薄雾生雨丝，
小城夜半逢秋迟。
凉风袭被寒意沁，
夜雨打叶鸟幽鸣。

［注］成都雨夜秋。

成都的秋水就是这样，蒙蒙薄雾中掉下雨丝，凉风不断地侵袭棉被，一不注意一股寒意钻入被中。雨不停地下，虽然雨不大，但还是听清了雨打树叶的婆娑声，鸟儿也在有一声无一声地叫着。

影移

长亭残凳影，
独游学子袍。
清风本无意，
月寒独自高。

[注] 长亭里的凳子，在月光的照射下，影子投在我的
校服上，随着我的移动，影子游来游去。清风不想让它晃过去
晃过来，可是清冷的月又独自在高空。暗喻：要完成一件事，
并非一个因素就能决定的。

守候

寂寞梧桐锁清秋，
倩影秉烛雨打头。
长亭残凳闻风意，
借来相思解酒愁。

［注］寂寞的梧桐树锁住了清秋，想象有一位美丽的女子掌着灯，从雨中踏着碎步走来，雨水打湿了她的头发。我坐在亭子里，听听风声，借想象的相思解我的酒愁。

静雪

夜半凌风尽折枝，
玉门寒雪暗来迟。
云被锦衣天做衬，
此景只应仙人知。

［注］下雪了，白极了，美极了，以云做被子天空做陪衬，
这种景色也只有天上才有吧。

秋女

纤竹漏声依风起，
夜半残烛温小溪。
帷窗倩影今犹在，
两蓑清雨一厢痴。

[注]竹子在漏雨，吱呀吱呀响，烛光温暖了窗外的小溪。窗子那边的倩影今天还在，只不过是我的一厢情愿罢了。

楼雨

朦胧薄雾生雨丝，
小亭帏帘偷风迟。
长椅侧卧谁是伴？
弯烟含柳为故知。

［注］在小区里面的椅子上躺着，薄薄的雾生了点点的雨丝，亭子里风不时吹来，让我感觉到瑟瑟发抖。到底谁才是我的伴？看样子，只有弯弯的烟和翠翠的柳。

秋晨上班之农民

一江环抱两熟田，两个农民一个闲。

同是一洼秋水地，这边隆起那边填。

都念辛苦付流年，又道乌云漫青天。

黑云哪年不遮日，温暖依旧照人间。

［注］早上出门，看见被二江水环绕的地，一边高，一遍低，两个农民一个在挖低处的地，一个坐在旁边的地坎上，摆着龙门阵。仔细听去，好像一个儿在说"当农民真是辛苦一辈子啊"，一个儿又在说"今天这个云啊，把太阳都遮住了"。我不禁地感慨，黑云毕竟不遮太阳的光芒，最后，还是阳光照遍人间。

茂县

清风逐云染群峦，
曲水环环过青山。
羌笛引月杯中叙，
一只白鹤掠春潭。

［注］茂县出差，被世外桃源般的小城所感动，阳光、清风、
白云晕染了翠绿的山峦，一条又一条弯弯的河道环绕着青山。
羌族小伙子的笛声将刚出来的月亮引诱到了杯中，一只白鹤突
然低飞掠过了春潭。

梦中眉山

凄凄烟雨戏眉州，
茵茵绿草逗<u>丛</u>楼。
环环岷水萦山寺，
幽幽鸟鸣泛春舟。

［注］去眉山之前，想象了一下眉山应有的模样。

浣花溪游记

浣花曲溪俏逗春，
盈盈微波戏蓉城。
篷船闲来偷风渡，
惊起白鹭宿江轮。

[注]去浣花溪公园游玩，小溪弯弯，曲水流觞，盈盈微波。
湖上的小篷船在微风的推动下，缓慢地向前移动，惊动了湖面
的白鹭，飞向江轮上暂留。

蜀绣

锦绣大地入境，闻清韵之弦声，竟摘得几许闲愁。

贪一厢情怀，蜀绣入幕，河山漫苑溢初秋，花鸟清雨系帷头。

粉黛执针，粗细可量兼葭意，宽窄尤酝中华魂。

超泼墨之旷野，微素描之细腻，凭几寸倩心运之。

得成而视，度众人之浮沉，化育为恩。

［注］此为一则蜀绣宣传视频配文。成都沃野千里，锦绣大地逐渐入眼，视频中弦声清悠，让人多了几许忧愁。情怀不免升起，蜀绣景象出现，真是巧夺天工，上面绣的初秋、佳苑、河山、花鸟、清雨。一个个女子执针，可粗可细，巧手间充满了诗意、灵魂，包裹了中华千年的文明。既可成就旷野浩然之作品，又可成就素雅清淡之作品，仅仅凭那颗灵动的心。作品既成，可以让人在这浮沉的现实里获得宁静，这何尝不是一种恩惠。

无眠

丑时无眠，独凭栏，春风讽孤影，泪阑珊，掌出寒灯几烁，探襟肩。

抬头望，难料春意也藏寒，竟撩得孤灯窃意，寂水逆帆，欲将吾影葬高山。

［注］丑时还未入睡，独自靠在栏杆，春风、孤影，泪不自觉流下，寒灯不停闪烁，时而探我的襟肩。抬头望去，哪知立春之后还是有许多寒意，让河上舟中的孤灯更加孤单，冷冷的寂寞。逆水行帆，我好想将我的影子放在这船上，一起葬入那远处行进的高山。

忆儿时老家夏天夜

荷花潭中不语，蛙声间奏空鸣，明月树高影不长，犬声吠过客，案头浮花香。

又道夏日清凉，孩童承欢膝下，笑声稚气妆庭院，清风摇藤椅，星星满天张。

［注］小时候家里有片池塘，一到夏天，荷花开了，夜晚蛙声此起彼伏，月亮当空很亮很清新，照在树上影子一点儿也不长，时不时有人从房屋后的小路路过，狗儿最机警，不停地叫，池塘边上栽满了月季花，花香自然地就浮到了我读书的书桌上。现在又是夏天了，回忆起来仿佛还在昨天，记忆依旧那么清晰，想想那时候，我和弟弟，搭了一张藤椅在院坝头，婆婆或爹爹会躺在上面逗我们开心，虽然开心的内容忘记了，但很幸福，老人的笑声，我们两个孩子稚气的笑声像是给庭院上了一层妆容，清风拂来，藤椅吱吱作响，星星布满了天空，好不惬意！

微醺·闷恨

微醺癫步性疏狂，拔剑怒啸破日光，吾恨绵绵如秋草，年年劲风不嫌长。

云沙扬，残金枪，小兵征路想做将，奈何岁岁锁闷恨，锈甲空余泪痕光。

　　[注]黄昏时刻，喝了酒，微醺的感觉盈了上来，抓起前不久买的唐剑，颤颤悠悠，癫三步四，怒对落日，为何我的闷恨就像秋草一样，年年吹尽了又生？瞬间想起古代战场上的那些兵士，大漠沙场、金枪腐朽，拼命一辈子，不就是想做个将军，可惜如愿的太少太少，越想到达那个位置就越不得，闷恨一年比一年多，直到铠甲锈蚀，布满泪光。

落花

看零零落花坠望眼，飘摇试春寒。渐雨风凄惨，满院萧瑟，流光白潭。凭处草衰人减，苒苒时色迁。独留长忧思，春景难填。

哪堪再临望远，对乡舟伶仃。归思莫谈。叹年月时艰，何事苦留恋？想春秋两榜不载，误几回，白发生厌。怎由我，残灯影下，凝愁还添。

［注］落花一片一片在眼前坠下，摇啊摇啊摇，好像是在试初春的萧瑟，雨慢慢落了下来，微风也不知不觉拂面，整个小区都显得很萧瑟，池子里的水泛着白光。到处一幅衰败、人少的景象，这又是一年春啊，本来该万物复苏，现在却留下更长的忧思，这般景象是难以让人感到满足的。

哪里还敢登高望远，看回老家的船只日益变少。回老家的想法不敢再谈起。只感慨年月时艰，有什么事情值得挂在心上呢？我想就是那年年考试，一次一次失之交臂，误了很多回，白发都厌烦了。哪里还由得我，残灯孤影下，愁绪再添。

不语

　　白灯无言影不语。几缕春柳，风里任来去。愁寄湖亭亭不许，奈何明月照情深。

　　望断桥头不知处。但凭行人，连却忧思路。花绕膝间人不顾，脚步频促向何奔？

　　［注］白色灯光没有语言，影子也没什么可说的。几缕垂柳，任凭风吹来吹去。我把忧愁想要寄托在南湖的湖亭里，可是它不许，然而无奈的是月亮又把我的情感照得很深很深。我望断桥头不知那边是哪里，只能任凭行人来来去去连接脑海中的忧思路。桥边的花绕到膝间这些人也不管不顾，脚步频促又奔向哪里呢？

八月十五中秋夜

丹桂丛里一点月，香浮案头，愁上心头。庭院银色太皎洁，树裹人影，潭游花影。

千年杯中论圆缺，盈生闲愁，亏长忧愁。墙头花红一枝谢，叶飞悠悠，蝉声悠悠。

［注］桂花树下看到点点月亮，花香飘到书桌上，愁绪涌上心头。小区中庭月色太皎洁，树影裹着人影，水池里飘着花影。千年无数文人在酒里寄托情愫，述说圆缺，月满道的是闲愁，月亏，酿的是忧愁。墙边的一枝花红谢了，叶子飘摇慢慢落下，枝上的蝉声不停。

树

——记上班路上的一棵树和一位公务员朋友

复荣复枯总不变，
年岁悠悠，
独自斑驳向东风。

借摇椅，望深宫，
哪年不重？
用得朱笔批朝红。

[注]突然想起老家的一位公务员的朋友，又想起了公交起点站的一棵树，每年看到它从枝叶繁茂到凋零，时光流逝，感觉它没有什么变化，只觉多了很多的斑驳痕迹。休闲时，借来摇椅，坐在上面望向天上的深宫，年年都如此，哪年才能不重复呢？"用得朱笔批朝红。"暗喻：朋友希望他自己仕途顺利，却又有很多的无奈，年少而不得志。当然，最后，也是自嘲。

曲中词意

我在成都流浪

送君一别

（歌词）

浊酒两壶　红尘末路

仗酒配青剑　迟暮出深谷

长亭残雾　青蛾泪舞

送君终须别　望眼守归途

世险道艰荆棘路

烽火燎烟山川枯

都言男儿应壮志

哪知小妇　家国血泪太萧疏

他年我郎　埋骨忠魂时

怎奈妻儿虚度多少春秋　白头孤

天地太大　残阳日暮

只想

拈花修蚕　低眉抚琴旧如初

管他什么

纵马横驰闯江湖

马革裹尸葬国度

管他什么

金鼓连天化恩仇

捷报频传传千古

不敢想

（歌词）

纵酒策马　飞星倚栏泪成殇

昨日江湖　今日相守早相忘

弹一曲岁月离长

相思成瘾何处藏

那日寒霜　琉璃换盏孤饮狂

故眉凄影　丝丝缕缕结愁肠

织一席潇湘夜雨

打湿这些年红尘万丈的伤

哪敢想

长发盈袖顾盼传情　曾经放纵的痴狂

哪敢想

黄昏灯下阑珊轻步　随风摇曳的唇香

你我若是情长

何畏生死两茫茫

你我若有希望

我还在那守候的老地方

回忆

（歌词）

从一眼相望到相知相依

爱上你难道是命中注定

荒漠里的爱情　穿越多少千里

车站里的笛鸣　翻滚多少别离

点点滴滴　填满这八年回忆

是否还记得

那年里

草原上放肆地逃离

那年里

你注视我渐隐的背影

丝丝寸寸　寸寸丝丝

心中早已刻下你的温柔美丽

如果遇见流星　我愿陪伴你　连一切都放弃

如果还有别急　我愿跟随你　哪怕狂风暴雨

心中不忘时时扶起

一点一滴种下你我的回忆

眼泪就不会决堤

庆幸今生能够遇见你

生生世世不再分离

思归途

（歌词）

一剑一马酒家迟暮　横卧残亭醉江湖

万丈豪情黄沙吹角　马疾蹄鸣思归途

我曾说花落平野是归途

谁知归途再花枯

老了残剑

腐了血铠

漂泊几度才知足

天下虽大

不如与你浊酒饮两壶

日月再明

不如孤灯抚影醉溪谷

切莫闲了秦琴　罢了花囊绣布

忘了唐筝　失了书卷画谱

纵使华年不复　沧海变数

也将天涯老马识归途

生 活

（歌词）

年年漂泊的生活

沉淀了眼角的阡陌

说起岁月的蹉跎

剩下街头巷尾的吆喝

拿起沉甸甸的钱摞

埋葬了理想的浅薄

抱紧犯下的过错

吞没了梦想的船舵

不该有这样的生活

踏入现实的漩涡

老婆孩子的温度

让心底的眼泪无处可躲

人前人后　潮起潮落

不是我愿如此软弱

不是我不放手一搏

曲中词意

真实的世界　如此赤裸
现实的生活　没有自我
我想要展翅飞过
摆脱灵魂的枷锁
谁能带来解脱
为我
千沟万壑的生活

我不再流泪

（歌词）

秋风不停刮　吹落庭院的花

小雨不停地下　下出曾经的伤疤

你的笑容

好像那朵枯萎的茉莉花

飘散的花香唱出那首

错爱的他

你说你爱我

是否真的欺骗我的心

你说你想我

是否只想让他无可代替

如果有天他找到你

爱是否会变味

如果有天能够后悔

他是否会挽回

生活就像老天

给我那么多的滋味

生活决定让我不再流泪

忘了吧

（歌词）

你的眼出卖了灵魂

偷了太多的温存

我傻傻地沉沦

温热了受伤的青春

曾经还是两个人

时间输给了情分

每个泛黄的日记本

往复了恋爱的尺寸

依旧还是那扇门

再难找回曾经短暂的伤痕

你早已经不顾一切地狂奔

丢下独自搁浅的缘分

任凭凛冽的寒风

恣意隔分

忘了吧

熟悉之后的陌生

让我记住你最后的余温
忘了吧
错过之后的泪奔
让我记住你最后的情深

折戟沉沙

（歌词）

折戟沉沙的刹那

淘尽了往事如烟的繁华

轻抚马辔坠下

仿佛时光

凝结了翻腾的血沙

踌躇的泪花

交织了无数片段的国与家

那年深山里的辞话

沉寂了亲情

点燃了冰冷的盔甲

翻身纵马

只剑壮志闯天涯

天天翻新的伤疤

只为那千里外的山河与天下

曾经老竹孤灯的清暇

独余大漠明月的萧飒

一朝一代的拼杀

终究

抵不过那岁月的风尘

明知没有结局的宿命

却还渴望那无名的半堆黄沙

破旧的回忆

（歌词）

还是那场破旧的回忆

得罪了恋爱

扼杀了感情

埋葬了我们之间的岁月尘沙

还是那场破旧的回忆

偷渡了人心

沉迷了轮回

困苦了我们之间的恣意情花

曾经的几分美

淘尽了伤痕

还有谁敢去理会

那年的几行诗

逼干了眼泪

还有谁敢去品味

你的样子

风干了久违的窗帷

指尖的余香

逃避了我温暖的心扉

我不知

滴落的眼泪

是否还能收得回

昏黄的本子

是否还能够清退

我只愿

封闭的心门

还能禁得住回忆

烙下的情伤

还能受得住暧昧

再等待

（歌词）

躺在窗口

泪在狂妄地私奔

羁绊的愁

染遍满眼的双唇

拿下痴念的执着

空余望断的情仇

转眼间　细雨淋落曾经的邂逅

我早已无处可躲

再等待

你还是不爱我

从没拥有过

你的微笑在我心中满满地徘徊

再等待

你还是不爱我

刻意地错过

梦中的你只是傻傻的痴念

致爱情：你那么爱我

（歌词）

四年之前的那一天

我站在车站的另一边

为你写下的诗　与清风一起编织

一段全新的故事

不知该怎样诠释

我们来到爱的十字点

交握的双手　温暖彼此的痴恋

深入彼此的世界

再也没有勇气走远

越想要阻碍　却越不能阻碍

我与你的一切

你那么爱我　你从不离开我

我留下的空白被你填满

你那么爱我　你不再离开我

生活里的我不再徘徊

在慢慢变老以前

珍惜时间的界线

看你的裙摆　听你忧郁的情怀

珍惜共同的怀念

我们来到爱的十字点

再也没有勇气　依恋过去的那些天

离开过去的世界　放开曾经的怀念

越想要阻碍　却越不能阻碍

我与你的一切

你那么爱我　你从不离开我

我留下的空白被你填满

你那么爱我　你不再离开我

生活中的我不再徘徊

翻滚的时态　微笑的存在

证明快乐并不只是一场幻觉

爱情未深埋　回忆是尘埃

生活的我不再徘徊